이웃집
구름틈 씨의
매일

틈틈이 그리고 쓰고 키우며 발견한 오늘의 행복

이웃집
구틈틈 씨의
매일

구틈틈
글·그림

청림Life

서문

책을 들고 표지를 넘겨 이 글에 눈을 맞추고 있을 당신이 누구일지 생각해 봅니다. 아기를 키우는 초보 엄마일지, 자녀를 독립시킨 중년의 아버지일지, 취업 준비 중인 청년일지, 퇴근 후 고양이를 쓰다듬으며 맥주를 마시는 것이 낙인 직장인일지, 결혼을 고민 중인 장거리 커플일지, 무거운 몸으로 밤마다 뒤척이는 임산부와 그녀를 걱정스레 다독이는 예비 아빠일지, 아니면 나를 아는 그 누군가일지. 상상해 볼수록 바라보는 눈들이 떠올라 겁이 덜컥 납니다. 그동안 그린 그림을 모아 책을 엮어놓고 이제 와서 누가 이 책을 볼지 걱정하고 있는 제가 참 우습습니다. 하지만 진작부터 그런 걱정을 했다면 소소한 제 일상이 담긴 그림과 글들은 아마 이렇게 쌓이지 못했을 것입니다. 생각이 짧아 다행입니다.

가족을 이루고 보석 같은 존재들이 태어나 함께 살아간다는 것은 정말 기적과도 같은 일이었습니다. 하지만 아이들을 키우며 그림을 그리는 것은 생각보다 쉽지 않았습니다. 저는 초보 엄마이자 초보 작가였으며, 육아라는 것은 '눈뜨는 게 출근이고 잠드는 순간이 퇴근'과도 같은 일이었기 때문입니다. '구틈틈'이라는 필명은 이런 상황에 스스로 내린 답이자 다짐 같은 것이었습니다. '온전한 시간이란 건 없으니 그냥 틈틈이 그려보자.' 아이패드와 펜 하나를 가방에 항시 휴대하며 틈틈이, 그리고 가볍게 그림을 남기기 시작했습니다. 발목을 잡던 욕심들을 내려놓으니 한결 걷기가 쉬워졌습니다. 이제는 작업복처럼 느껴지는 체크무늬 파자마를 입고 두 아이와 치열한 일상을 보내다가도 문득 '그려야겠다' 하는 순간이 생기면 재빨리 핸드폰에 메모를 남깁니다. 그림으로 그려낼 문장들이 쌓입니다. 겨울을 대비해 도토리를 모으는 다람쥐처럼 부지런히 순간들을 모았습니다.

저에게 가장 큰 영감을 주는 것은 역시 아이들입니다. 한별이가 던져주는 맑은 문장과 순수한 삶의 태도는 저의 고인 부분들을 환기시킵니다. 그리고 잊고 있던 중요한 것들을 다시 떠올리게 만듭니다. 자폐 스펙트럼을 가진 연호의 특별한 세상은 저를 더 넓고 깊게 만들어줍니다. 회피에 익숙하던 저에게, 한계를 끌어안고 앞으로 나아가는 법을 가르쳐줍니다. 아이들을 통해 미숙함의 의미를 다시 깨닫습니다. 인간은 능숙함을 존경하지만 미숙함은 사랑하게 됩니다. 그리고 서로의 미숙함이 맞닿은 자리엔 깊은 위로가 피어납니다. 나의 미숙함도 위로를 받습니다. 그렇게 서로를 보듬으며 성장할 수 있다는 것을, 내가 누군가를 위해 더 좋은 사람이 되고 싶어진다는 것을 아이들 덕분에 경험할 수 있었습니다. 아이들과 함께하면 모든 일이 달라집니다. 아무 의미가 없던 저 하늘의 무심한 가을 구름도 아이들과 함께 바라보면 토끼가 되고 고래가 되고 슈퍼 히어로가 되고 이야기가 됩니다.

이렇게 이야기하고 나니 육아란 게 참 낭만적으로 느껴지지만, 사실 육아는 무척 고된 일입니다. 내 한 몸도 마음대로 하기 힘든데 작은 생명들을 키워내는 게 쉬울 리가 없습니다. 책임감, 온갖 걱정과 불안으로 어깨가 무겁고 신경이 예민해지곤 합니다. 그러나 언젠가 이 고단함마저 그리움으로 기억될 것을 알기에 틈을 내어 이 순간을 소중히 남기기로 했습니다. 구겨진 마음을 조심히 펼치고 다듬어 그림에 담았습니다. '소중한 것을 소중하게 대하는 것.' 이것도 아이들에게 배운 것입니다.

이 책에는 2년 반 동안의 매일이 담겨있습니다. 그 사이 저와 남편은 조금 더 낡았을 뿐이지만, 하루가 다르게 크는 아이들에게는 큰 변화의 기간입니다. 여러 에피소드를 통해 한별이는 어린이집에서 초등학교에 가고, 말을 거의 하지 않던 연호가 조금씩 마음을 표현하게 되는 것을 볼 수 있습니다. 이 변화의 과정을 지켜보는 것도 또 하나의 즐거움이기를 바랍니다.

2024년 10월 구틈틈

등 장 인 물

엄마(구듬듬)

(전)건축인, (현)그림 그리는 사람.
맥주, 고양이, 달리기를 좋아하며
체크 파자마에 이상한 애착을
가지고 있다.

아빠

건축 회사 운영 중인 프로 야근러.
와인과 레고, IT 기기들을 좋아하며
자연 곱슬머리가 특징.

한별

항상 할 말이 넘쳐나는 다정한 수다쟁이.
책 읽기와 아이스크림을 좋아하며
사랑 가득한 성격이다.
최근 초등학교에 입학했다.

연호

느리지만 귀여운 영락없는 막내.
자동차를 사랑하며
드라이브를 즐길 줄 아는 남자.

차례

1장

2장

3장

4장

미공개 에피소드

1장

입
장
차
이

물 웅덩이를 대하는
각자의 입장 차이.
극호와 극혐 사이
엄마는 평화 유지군.

뭐야.
갑자기 왜 미안해하는 건데.

누나는 만만치 않아.
왜냐하면 이미 다 해봤거든.

지치지 않는 그녀

지치지 않는 그녀

사랑스러운 한별이.
그녀는 출력 조절이 조금 안 되는 편이다.
무서운 점은 방전되었다가도
집에서 10분만 쉬면 다시 풀충전된다는 것.

응, 안 바꿔줘.
돌아가.

참으로 참기 어려운 정수리들.

한가로운 주말 피크닉이
사건 현장이 될 뻔했던 순간.
아빠의 생존 본능 칭찬해.

퇴근 후 배달 업무 시작한 아빠.
최대한 멀리… 멀리 다녀와….

그래, 각자 사정이 다 있는 거지.
만만한 삶은 없나 보다.
내가 잘 모르는 것일 뿐.
(* 거미는 끈적이지 않는 세로줄로만 다니기 때문에
거미줄에 걸리지 않는다고 한다.)

어… 다음 놀이는 상황극인가 보다.
그래서 넌 요정이니 두꺼비니?
설정 정도는 알려줄래?

뭐가 보인다고?
그리고 졌어…?

셈은 약하지만
인심은 참 좋은 사장님.

식판 빼고
가방 정리~!!

양말 벗고
옷 갈아입기~!!

엄마.
뒤에 단추
풀어줘.

너무나 반가운
나 혼자 할 거야 병.
그러나 단추 때문에 아깝게 실패.

이런 뒷모습이 보인다면
즉시 하던 일을 멈추고 출동 필수.

편견 없이 모두가 행복한
한별이의 우당탕탕 종이접기 교실.

불난 집에
국기게양법 붓기.

아

얼굴이 뭐?
아니, 마저 말해봐.

자칫 너무 좋아했다간, "나랑 놀기 싫어?" 하고
개인 면담이 들어올 수 있으므로
끝까지 자연스러움을 유지하는 것이 포인트.

자기 전
무서운 이야기.

내려와. 둘 다.

타고 보니 야생마

집에서 운동을 못 하는 이유.

구남친 현남편의
한밤중 문자.

어색한 동행

가족 아님 주의.
초면입니다만…?

간단한데
알고 보면 제일 어려운 일.

아니, 그러니까

맥주 한 캔을 딱 마시잖아?

그럼 애들 저녁 놀이 텐션이랑 딱 맞더라니깐~?

올해 첫 '평일 금주제'를 시행했다.
참고로 금요일은 평일 아님…!

행운의 하얀 깃털이 날리면
잠바를 바꿔줄 때.

손가락 한 개로만 치는 자와
열다섯 개로 치는 자.

자고 일어나면 식어있을 거라고
어떻게 말하지.

… 춥다고?

스치는 찬 바람과 함께
크리스마스로 내달리는 마음.
아직 여름옷 정리도 못 했지만
너의 바람을 담아 미리 크리스마스.

도심 한복판 어린이들과의 산책.
그것은 작은 생명체들을 한가득 몰고
차로 빽빽한 함정 투성이 길들을 지나
안전한 산책로까지 인도해 내야
비로소 시작이라는 것.

구름틈 씨의 동네 산책

매주 수요일 홍연2교 주변을
온통 고소한 냄새로 채워버리는 뻥튀기 트럭.
"뻥이요~" 하는 아저씨의 우렁찬 외침에 이어
펑 하는 기계 소리가 난다.
탄내 섞인 아주 고소한 냄새가 연기를 타고 퍼지면
누구든 잠시 멈춰 바라보게 된다.
요즘 보기 어려워 더 반가운 풍경.

2장

이것은 소꿉놀이인가
거울 치료인가.

A형 독감 마지막 생존자. 노한별.

버텨라.
최종 생존자!

온 집안을 휩쓴 '독감과의 전쟁'에서
홀로 살아남은 한별이는

어린이집에서 신나게 놀다

혼자 다리를 접질러 깁스를 하고 돌아오게 되었다.

독감에게도 승리한 그녀가
미처 이기지 못한 것….
그것은 그녀 자신.

이틀만에 이름과 취향이 설정되고
은퇴 후 계획까지 생긴 깁스.

부상 투혼 중인 포즈 장인과
카메라와는 영 안 친하신 분.
근데 너… 다리 다 나은 거 같은데.

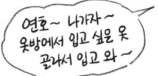

연호~ 나가자~
옷방에서 입고 싶은 옷
골라서 입고 와~

아니,
수영복 말고.

이 정도로 편견 없이
고를 줄은 몰랐지.

반항하는 건 가르치지 않아도 제법이다.
그렇지만 그새 나도 문 따기 전문가가 되었지.

그렇게
부러운 눈으로 보진 말아줄래.

너 방금 되게
내 친구 같았어.

나조차도 정답을 알려주기 어려운 일들이
너에게 생기는 때가 오면 어쩌지 싶었는데,
이미 넌 나보다 현명한지도 모르겠다.

아빠만의 필살기.
그건 바로 익스트림 촉감 놀이.

그만,
그만해….

텐텐,
그것은 그를 움직이는
마법의 주문.

재택 잔업의 경우
작업 난이도 급상승 주의.

네가 애쓰며 공부하는 동안
엄마도 함께 공부하고 있어.

유연한 아이

치료 수업 후 상담 시간

장점을 곧이 보지 못하고
의심 먼저 해버렸다.

철없는 애미 애비의
한밤 중 실없는 대화.

가만 보면
집에서 가장 위험한 사람은
바로 나 아닐까?

거
울
을

보
니

삶은 허술한데
노화는 착실하다.

아이들 픽업 시간이 가까워질수록
머리와 따로 노는 몸뚱어리.

아, 놀랐잖아….
그냥 평범하게 아이스크림 먹고 싶다고 말해줄래?

재밌으니
쫌만 더 구경하고 알려줘야겠다.

거 참,
과대 포장 너무하네.

너무나 반가운 연호의 첫 말장난.
엄마 말장난 엄청 좋아해.
또 해줄래?

재밌으면
웃는 거야.

당연한 말인데
왜 당한 기분인가.

남매의 침대 대첩에 대처하는 나의 자세.
누군가 울면 끝나는 재밌는 놀이.

생각을
너무 오래 하면 안 되는 이유.

맥주가 없다면
모든 게 다 안 괜찮아….

책을 읽다 급 심각해진 한별이.

아니, 너무 처음부터잖아.

12월의 어느 결혼기념일.

아직 손도 안 닿았는데.

하품 전염 완료.
이제 자러 가자.

오랜만에 미용실에 가야겠다.
흰머리 나면 안 되는 이유가 생겼으니.

나의 구원자.
나의 뮤즈.

많이 고마웠나 보다.
나도 고마워.

연호를 데리고 다니다 보면 아이의 상황에 대해
설명을 해야 하는 경우가 종종 생긴다.
그럴 때마다 '아이가 발달장애가 있어요' 하고 말하곤 했는데,
어느 날 한별이가 한 말이 종일 머릿속에 맴돌았다.
멋진 소개 고마워.

구틈틈 씨의 동네 산책

들어오는 길에 향기가 나면 좋겠다 싶어
집 앞 화단에 라벤더와 로즈메리를 심었더니
산책 나온 어린이집 아가들의 필수 방문 코스가 되었다.
삐악삐악 아이들 소리가 넘어올 때
환기하려 열어놓은 창문 아래로 내려다보면,
차례차례 향기를 맡고 놀이터로 향하는
귀여운 꼬맹이들의 정수리를 내려다볼 수 있다.

3장

포
기
하
면 편해

아... 하얗고... 깨끗하다...

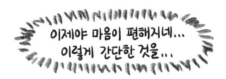

이제야 마음이 편해지네...
이렇게 간단한 것을...

천장…
천장을 보자.

속상한 그림을
버리지 않고 가져온 이유.

그렇게 예술 혼에 휩싸인 한별이는 많은 유니콘 그림들을 그려냈다.

··· 왜인지 엄마의 최애는
첫번째 송아지 유니콘이었다고 한다.

아마도 엄마와 가구의 중간 어디쯤의 존재….

아니,
왜 나만…!

애가 게임하는 게
걱정인 애 엄마.
우리 엄마.

쉰다고 했지
엄마가 쉰다고는 안 했다.

어머, 이건 적어야 해.

첫
이
별

너에게 남을 첫 이별의 기억.
앞으로도 수많은 이별들이 있겠지만
네 안에 무언가로 남아있을 거야.

연호는 어린이집을 옮기고
한별이는 초등학교에 입학하고,
변화가 유독 많은 3월.
우리는 또 어떻게든 적응해 간다.

눈치 게임

어… 그래….
안 자는구나.

아이와 간 공중화장실.
최소한의 인권을 지키기 위한
필사의 방어전.

같이 노는 건 줄 알았는데
'탈 것' 이었나.

유구한 전통

어엿한 초딩이 되었다.
저놈의 아싸라비아는 왜
아직까지 전해내려 오는가.

스물여덟 명의 1학년 어린이들이 만들어낸
오늘의 특별했던 일.
아무도 울지 않았다.

한 가지만 먹는다면

갑자기…
먹고 싶은 게 더 많아졌다.

불을 지핀 한마디.
하지만 변신 실패.

엄마가 항상 집에만 있던 건 아니야.

'태교'라는 게 어떤 의미가 있는 건지 아직도 잘 모르겠지만,
만약 그런 게 있다면 한별이의 태교는
아마 공사 현장에서 이루어졌을 거다.
아기가 뱃속에서 커가는 동안
내가 그렸던 도면은 9층짜리 건물이 되어갔다.
출산일과 준공 날짜가 비슷했던 터라
휴직하기로 한 출산 한 달 전까지 꽉 채워 감리를 다녔다.
그렇게 한별이와 나는 9층 공사 현장을 누볐다.
아마도 세상에서 가장 부담스러웠던 감리자가 아니었을까.
몸집도 작아 유독 배가 많이 튀어나와 보이던
그 만삭의 감리자.

20여년이 지나…
다른 상황, 같은 멘트.

저녁 간식 시간

난 남았어….
내 맥주는 아직 남았다고.

매일 산책을 빼놓지 않는
책임감 있고 성숙한 (나 자신의) 보호자가 되기에
여름은 너무 혹독한 계절이다.
이젠 폭우와 폭염만 있는 듯한 여름.

놀이터의 간식 시간.
각자의 모양으로 설레는 작은 발들.

나는 언제 생긴 지도 몰랐던
다리 멍자국을 한참 들여다보더니
"미안해"라는 말을 꺼낸 너.

건조가 완료되었다는 노랫소리가 울리면
건조기 문을 달칵 열고,

따끈따끈한 이불들을 막 꺼내놓으면
어디선가 연호가 후다닥 나타나

이불 위에 자리를 잡는다.
따뜻한 이불 둥지와 행복한 아기 새.

마음 급한 어미 새의
철거 명령으로 마무리되는 이불 빨래 루틴.

왠지 조금 기운이 없던 어느 날.

아이들을 등원시킨 뒤 이불 빨래를 하다

아기 새 없이 날아가는 둥지의 온기가
문득 아까웠던 걸까.

나도 모르게 냅다 누웠는데,

그게 뭐라고 엄청 행복하더라.

사소한 행복을 놓치지 않는 방법을
연호는 이미 잘 알고 있는 것 같다.

반복되는 일상 속에서 다음 할 일로
머리를 가득 채워놓는 나와 달리,
아이는 그때만 느낄 수 있는 기분 좋은 순간들을 놓치지 않는다.
만약 연호가 말을 잘할 수 있었다면
나에게 이렇게 말하지 않았을까.
"엄마, 건조기에서 막 나온 이불에는
30초의 행복이 들어있어. 식기 전에 행복해야 해."

머리카락보다 더 예쁜 걸로
심어주고 싶었나 보다.

귀여워.
그럼 됐어.

먼 길 운전 부디 조심하고
잘 도착하면 문자하거라

나는 보지 못했을,
하지만 매년 반복되었을 명절 이후 풍경.
왠지 더 넓고 조용해진 소파에 앉아
우리에게 더듬더듬 문자를 보낼 때
엄마는 어떤 표정이었을까.

놀이터에 도착하면 치료되는
선택적 무기력증.

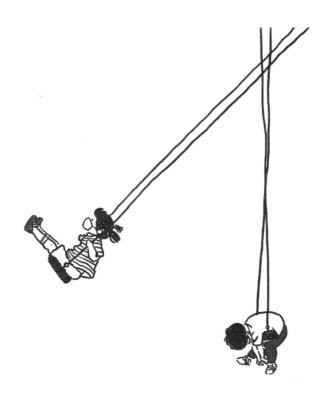

아니아니.
이렇게, 이렇게 타는 거라고!
나 보고 있어?

엄마 그거 같다

똑딱.
똑딱.
우두둑.

우리 집이잖아.
뭐, 휴지라도 사가리.

분하지만 반박할 수가 없다.
20년 후 두고 보자고.

174

공고하게 지키고 있던 내 영역이
순식간에 무의미해지는 순간.
나에게 있어 어른이 된다는 건
내 영역을 분명하게 만드는 선을 긋는 것이었는데,
엄마가 된다는 건 그 선을 흩트려 품을 넓히는 일인 것 같다.

구름틈 씨의 동네 산책

세 번째 만난 어제로 확실해졌다.
할머니는 화분을 산책시켜 주시고 계셨던 거였다.
처음엔 화분을 사오시는 길인가 했더니
담요로 소중히 감싼 그 화분은
매번 같은 화분이었다.
집에 해가 잘 안 드는 걸까.
아니면 그냥 산책길이 적적하셨던 걸까.
무언가 사연이 있는 특별한 화분인 걸까.
왠지 자꾸 이런저런 생각을 하게 된다.

4장

반
가
웠
어
요

지난 주말 엄마 집에 내려가 자던 날
아빠가 꿈에 나왔다.
무언가 하려고 하면
잠에서 깨어날 것만 같아서
조심히 앉아 그냥 바라만 보았다.
조용하고 편안했다.

무사히 잠들어 준 아이들 덕분에

마지막 미션 '새벽 비행'까지 무사히 클리어하며

필리핀 큰고모네 첫 방문 여행 성공.

정신 없이 노느라, 애들 챙기느라, 쉴 때 뻗어 있느라
구틈틈의 본분을 잊고 그림은 하나도 못 그렸다.
핑계 가득한 엄마와 달리 여행 중에 틈틈이 연습장을 채워온
한별이에게 내 필명을 넘겨줘야 할 판.

(노틈틈...?)

아, 배 넣었잖아.
다시 재보라고.

등하원 길, 버스 정류장에서 연호가 지루하지 않게 동요를 불러주는데

이게 너무 익숙해지다 보니…

혼자 동요 부르며 앉아있는 사람이 되었다.

연희동 버스 정류장 빌런
동요 아줌마.

아… 오해예요 할아버지.
저 생각하시는 그런 거 아니에요….

나이에 상관없이 친구가 되는 순간.
시간을 초월한 전 주인과의 소통.

나이가 든다고 실수가 줄어드는 건 아니더라.
그냥 조금 더 수습이 빠르고 능숙해질 뿐.

말도 안 된다는 걸 설명하려다
어쩐지 전혀 다른 결과가 되어버렸다.

어떻게 알긴.
아래층에서도 알겠더라.

빨래들 기강 잡기.
살아 돌아온 자는 내 동료가 되어라.

세상에서 가장 시끄러운
휴식 시간.

…는 실패

냉동실 정리 기간의
소소한 점심 이벤트
…는 실패.

와글와글.
개미집을 구경하는 아이들.

나도 볼래.
고양이.

놀이터에 앉아있다 보면 가끔은 모르는 아이가 갑자기 인사를 한다.

이 친구들은 보통 다짜고짜 아무 말들을 쏟아내고는

왠지 개운해진 얼굴로 돌아간다.

온갖 TMI와 개인 정보 유출이 난무하는
인간 대나무 숲.

오랜만에 온 실내 놀이터

놀이터에 삽시간에 번진 '노연호 잡아라' 놀이,
일이 커지기 전에 조기에 진압했다.
연호가 잡히면 어떻게 되는 거냐고 물었더니
한별이는 해맑은 얼굴로
'비밀 공간'에 들어가는 거라며
어둑한 미끄럼틀 계단 아래 공간을 보여줬다.
⋯역시 조기에 진압하길 잘했다.

4천원으로 산 어른의 위엄.
이젠 포장해 와야겠다.

힘내라 엄마냥.
난 어린이집 보냈지만.

아이들에게만 보여주는 어른들의 귀여운 표정.
아이들이 그리는 그림 속에
웃는 얼굴이 많은 것은
혹시 이런 이유가 아닐까?

너무 누나처럼 하지 않아도 돼.
너도 아직 작은 아이인걸.

아이를 낳기 전 분명 나는 한번 잠들면
누가 들고가도 모를 정도로 세상 둔한 사람이었디.
아이가 아픈 밤 발휘되는 놀라운 감지 능력과 반응 속도는
엄마로서 새로 얻은 초능력이라고밖에 설명할 길이 없다.
물론 세상에 거저 주어지는 것은 없기에
손목과 허리 관절, 머리카락, 기억력 등을
대가로 가져간 것 같지만(어? 너무 많이 가져갔…).
지금도 어두운 침대에서 힘겹게 전쟁 중인 아이들과
비상 대기 중인 보호자님들에게
진한 유대감을 담아 응원하며.

귓등으로 듣는 줄 알았는데,
"아니오"가 나오는 것을 보니
내 말을 듣고 있긴 했나 보다.

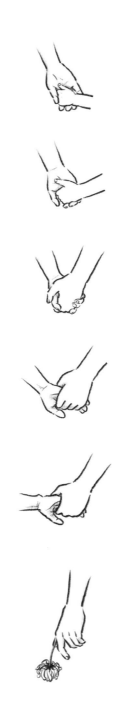

너의 작고 부드러운 손을 잡고 걷다 문득 생각했다.
우리가 맞잡은 이 두 손에 스쳐갈 세월들이
너무 가혹하지 않기를.
그리고 이 손을 놓게 될 때
너무 아프지는 않기를.

왠지 점점 예쁜 꽃을 보면
그냥 지나치기 어려워진다.

비가 그친 날,
학교 앞에서 본 행복한 풍경.
반쪽 장화를 신고 걸어가던 두 소녀.

족발집 앰배서더

뜻밖의 족발집 홍보대사.
아무래도 족발을 들고 오는 내 표정이
너무 밝았던 모양이다.

생각해 보면 어렸을 적 동네친구들과 놀 땐
정말 말도 안 되는 놀이로도 참 재밌게 놀았었다.

별일 아닌 것에도 배가 아프도록 까르르 웃곤 했지.

지나가는 어른들이 우릴 보시곤
"좋을 때다~" 하며 아련한 미소를 지었었는데

그땐 그 미소의 의미를 잘 알지 못했다.

어느덧 우리도 그 어른쯤의 나이가 되어
각자 삶을 살기 바쁘고 아이도 생기니
우리만의 모임은 점점 어려워지고….

몇 달 전부터 시간을 맞춰봐도
겨우 이렇게 당일치기 여행이구나.
그래도 우리끼리 이렇게 모여있으니…

왜 똑같냐···
애기들 없이 만나니까
똑같이 난장판이네.

···다들 어떻게 참았지?

어른도... 노는 게 젤 좋아.

엄마도 사실 노는 게 제일 좋다.
매일 집에서 듣는 그 "놀자" 말고….

중심 잡는기능 없음 주의.
(생긴건 오뚝이지만…)

날이 추우면 추울수록
더 동그랗게 포장된 채 배달되는
어린이집 아이들.

언뜻 보면 하나의 생물체로 보이지만 타야 할 버스가 오면

…라는 주문과 함께 둘로 쪼개지는 것이 특징.

한겨울 버스 정류장에 서식하는 특이 생물체.
바로 쌍눈사람.

아가들의 은밀한 친목 도모.

엄마 몰래
손가락에 빗방울이
톡톡.

구름틈 씨의 동네 산책

아이의 조그만 손을 꽉 붙들고
걷는 듯 뛰는 듯 있는 대로 서두르며
어린이집에 데려다주고 나오던 길이었다.
우산을 받쳐주며 조용히 아이를 기다려주고 있던
어느 아빠를 보곤 조금 부끄러워졌다.
나는 왜 그리 마음이 바빴을까.

미공개
에피소드

241

새로운 우리의 여름이 쌓여가고

이웃집 구틈틈 씨의 매일

1판 1쇄 인쇄 2024년 10월 23일
1판 1쇄 발행 2024년 11월 20일

지은이 구틈틈
펴낸이 고병욱

기획편집2실장 김순란 **책임편집** 김지수 **기획편집** 권민성 조상희
마케팅 이일권 함석영 황혜리 복다은 **디자인** 공희 백은주
제작 김기창 **관리** 주동은 **총무** 노재경 송민진 서대원

펴낸곳 청림출판(주)
등록 제2023-000081호

본사 04799 서울시 성동구 아차산로17길 49 1010호 청림출판(주)
제2사옥 10881 경기도 파주시 회동길 173 청림아트스페이스
전화 02-546-4341 **팩스** 02-546-8053

홈페이지 www.chungrim.com **이메일** life@chungrim.com
인스타그램 @ch_daily_mom **블로그** blog.naver.com/chungrimlife
페이스북 www.facebook.com/chungrimlife

ⓒ 구틈틈, 2024

ISBN 979-11-93842-21-8 03810